CANTIQUE

D'UN CHRÉTIEN

SUR LA PAPAUTÉ.

24743

PARIS. — IMPRIMERIE DE COSSON,
rue Saint-Germain-des-Prés ; 9.

CANTIQUE

D'UN CHRÉTIEN

SUR LA PAPAUTÉ,

AVEC DES NOTES;

PAR H.-F. JUILLERAT, C. R.,

MEMBRE DE LA LÉGION-D'HONNEUR.

PARIS,

LIBRAIRIE DE J.-J. RISLER,

RUE DE L'ORATOIRE, 6.

1836.

PRÉFACE.

La presse attaque depuis quelques années la
Réformation avec une amertume et une persé-
vérance remarquables. Les feuilles quotidiennes,
les Revues hebdomadaires, trimestrielles, les
brochures, les livres même semblent s'être con-
certés pour lancer contre elle des objections mille
fois pulvérisées, des calomnies mille fois confon-
dues. Ces attaques ne partent pas uniquement des
organes avoués du clergé catholique-romain; on
voit fréquemment des journaux philosophiques,
politiques et littéraires, prendre à ce sujet l'i-
nitiative. Un des plus estimés d'entre eux pour
la sagesse de ses principes et le talent de ses ré-
dacteurs, adressait dernièrement aux Réfor-
mateurs et à l'Église-Réformée, à propos de Bacon,
divers reproches absurdes et contradictoires;
comme celui-ci, par exemple, de trop croire,
d'avoir trop de foi, d'un côté, et de l'autre,
d'avoir donné naissance au doute et à l'incrédulité.

Dès 1829 les Saint-Simoniens ont honoré la

1

Réformation des marques de leur antipathie et de la violence de leurs invectives, tandis qu'ils sympathisaient beaucoup avec le catholicisme et qu'ils le préconisaient hautement. Les partis politiques extrêmes lui ont aussi donné des preuves réitérées de mauvais vouloir. Cette espèce de déchaînement général a de quoi surprendre à une époque comme celle où nous sommes, et quand on considère que rien ne motive ces actes d'hostilité, à moins que l'Église-Romaine et l'incrédulité ne se sentent frappées au cœur par l'institution des Sociétés Bibliques et des autres Sociétés Chrétiennes qui ont pour but de répandre la connaissance de la Parole de Dieu. Dans ce cas, sans doute, et si c'est là véritablement la cause secrète et agissante de leur mauvaise humeur et de leurs attaques, je conçois la haine qu'elles manifestent contre l'Église-Réformée, et je suis disposé à en considérer les effets comme les actes d'une défense nécesssaire ; seulement je voudrais qu'elles eussent assez de franchise et de courage pour attaquer directement la Parole divine, au lieu de l'attaquer d'une manière indirecte et cachée en dirigeant leurs coups contre la Réformation. Celle-ci, du reste, ne les attaque que par la propagation des livres saints. Deux journaux évangéliques se publient à Paris, les *Archives du Christianisme* et le *Semeur :* ils sont

rédigés avec modération, dans un esprit de to-
lérance, de liberté de conscience et de charité;
rarement il leur arrive de relever le gant qu'on leur
jette; on ne les voit point se livrer à une polé-
mique déloyale, malgré l'exemple qu'on leur en
donne trop souvent; on ne les voit point recourir
à des subtilités, à des assertions hasardées, à des
suppositions outrageantes, encore moins à des
mensonges et à des calomnies; on ne les voit point
citer à faux, tronquer les textes, en forcer et en
dénaturer le sens, et mettre sur le compte de ceux
qu'ils combattent, des erreurs et des absurdités
qu'ils ont imaginées eux-mêmes dans la vue de
nuire plus sûrement à leurs adversaires : ce sont
là des armes qui leur sont odieuses et qui à leurs
yeux sont incompatibles avec la cause de la vérité.
La vérité, la vérité chrétienne est la cause qui
leur est chère et en laquelle ils ont une entière
confiance. Elle triomphera, et ils attendent son
triomphe sans impatience, mais en le hâtant par
leurs vœux, et peut-être aussi par leurs travaux,
bénis du Seigneur; elle triomphe de jour en jour
en éclairant quelques esprits, en réveillant quelques consciences, en inclinant vers le Dieu-Sauveur quelques âmes détachées des intérêts matériels
au milieu du matérialisme pratique autant que
superficiel et irréfléchi, qui est la plaie la plus
dangereuse de notre époque. Suivant eux, on est

dans l'erreur parce qu'on n'est pas chrétien biblique et vivant, et non parce qu'on appartient à
une communion ou à une autre ; les noms opposés
de catholique et de protestant, les noms de secte
et de parti ne se rencontrent pas sur leurs lèvres
et ne préoccupent jamais leur pensée ; ils rendent
justice avec joie à tout ce qu'on fait de bon et
d'utile en dehors de la société chrétienne dont ils
font partie ; ils s'affligent du mal que commettent
leurs adversaires, quand même il ne peut nuire qu'à
ceux qui l'ont commis. Est-ce tiédeur, indifférence
de leur part ? on ne les en soupçonnera pas ; leur
zèle est connu ; bien des gens les trouvent exagérés
dans leur piété et dans leurs efforts pour avancer
le règne de l'Évangile. Mais ils considèrent les
choses d'un point de vue élevé ; l'humanité leur
apparaît dans sa vaste et profonde misère ; leur
cœur s'émeut de compassion en songeant à l'incrédulité et aux vices régnans ; les promesses du
Seigneur touchant les progrès de l'Évangile sont
toujours présentes à leur pensée et ils ont la con-
viction que Celui qui les a faites les tiendra fidèle-
ment : de là le zèle pur et généreux qu'on leur
voit manifester au milieu d'un monde dont l'ignorance en matière de vrai christianisme et l'égoïsme
sans mesure font le tourment et le malheur. C'est
au surplus sans y songer que j'ai été conduit à
mentionner ces deux journaux consacrés aux pro-

grès de la Religion chrétienne, telle qu'elle est renfermée dans les Livres Saints.

Je parlais des attaques que l'on dirige de tous côtés contre l'Église-Réformée, et de la faveur avec laquelle le catholicisme est traité généralement par les journalistes et les littérateurs depuis la révolution de juillet. On dirait qu'ils obéissent à un mot d'ordre, et qu'ils font partie de la fameuse société dont cette révolution libérale paraissait devoir ajourner au moins les prétentions et les espérances.

Chose digne d'être remarquée par les observateurs : l'institution de la papauté fut surtout l'objet de la haine des philosophes du dix-huitième siècle, à cause du joug humiliant et cruel qu'elle appesantit si long-temps sur l'Europe, et ils confondirent malheureusement avec elle dans leur inimitié le divin christianisme des Écritures, entièrement voilé et défiguré par l'Église-Romaine. Aujourd'hui, les écrivains, sincères ou non, de bonne foi ou intéressés dans leur soudaine dévotion, les philosophes religieux, les journalistes, les historiens, les professeurs, les romanciers, se montrent principalement croyans à cette institution usurpatrice et surannée, qu'ils prennent aussi pour le christianisme et qu'ils recommandent au respect des peuples. Coupable d'une longue tyrannie et de mille et mille abus révoltans, le catholicisme, confondu bien mal à propos avec la religion de l'Évangile et de l'Église primitive, attira sur celle-ci les coups des philosophes du dernier siècle, en quoi il lui fit un mal inexprimable, et souleva contre elle une foule d'ennemis dont la plupart étaient surtout armés contre les erreurs et les abus de Rome, l'ambition et les désordres de ses prêtres : aujourd'hui c'est vers ce catholicisme, si fatal à la douce et divine doctrine de Jésus, que se tournent les amis de l'ordre et de la religion qui cherchent de toutes parts une digue à opposer au torrent du radicalisme et des intérêts matériels.

Comment ne s'aperçoivent-ils pas qu'ils font une méprise, et que le catholicisme, ou l'esprit sacerdotal, est frappé d'impuissance et de mort? Comment ne comprennent-ils pas que c'est au christianisme biblique qu'il faut demander une puissance qui n'appartient qu'à son éternelle jeunesse, et que lui seul, avec la bénédiction de Dieu, peut s'emparer aujourd'hui de l'esprit des masses et renouveler les cœurs qui, sous l'empire de l'Église-Romaine, savent si peu ce que c'est que la puissance de l'Evangile? Le peuple aspire plus que jamais, et avec une ardeur impatiente, à l'exemption des fatigues et des inquiétudes qui pèsent sur lui, et à la jouissance des avantages et des félicités sans mesure dont il s'imagine que les

richesses sont nécessairement accompagnées. Voulez-vous arrêter l'essor des convoitises populaires
si alarmantes de nos jours? Voulez-vous détourner les regards de la multitude des biens qu'elle
ambitionne et qui ne peuvent appartenir qu'au
petit nombre? Voulez-vous répandre parmi le
peuple l'esprit de modération, de contentement,
d'humilité, de paix, et le vrai bonheur? Cessez
de lui montrer dans un vieillard fragile et mortel, entouré de pompe et de grandeur mondaine,
le maître infaillible et puissant, le Dieu sur terre
qu'il doit vénérer à genoux. Songez plutôt, songez enfin à lui mettre sous les yeux, à lui montrer avec respect et avec confiance la Bible, que
toutes les communions chrétiennes s'accordent à
regarder comme un livre sur-humain, inspiré
d'en haut; empressez-vous à lui faire entendre
les purs accens de la Parole de Dieu, de cette Parole si imposante, si populaire, si efficace pour
instruire l'homme, le convaincre, le consoler, le
sanctifier et le rendre heureux. Le moment n'est-il
pas venu de reprendre le glorieux mouvement du
seizième siècle, arrêté par les crimes du monde,
et de placer l'Evangile sur l'autel des nations ?
Quel parti l'Evangile du Seigneur ne saurait-il
pas tirer du réveil des consciences et du besoin
de croyance et de foi qui se manifestent en France
depuis quelques années ! Quel intérêt nouveau et

vivifiant jeté au milieu des ambitions chiméri-
ques et des lassitudes inquiètes et menaçantes de
notre société ! Comme le pauvre peuple a besoin
qu'on le mette en possession de tout l'Evangile,
qui lui est destiné et qui lui appartient, mais dont
l'Eglise-Romaine l'a privé depuis tant de siècles!
Qui pourra le détourner des mauvaises voies du
nivellement, où il est prêt à se précipiter en ren-
versant toutes les barrières, si ce n'est l'Evangile,
dont la lecture et la méditation lui révéleront
tant de malice dans son esprit, tant de corruption dans son cœur, tant de transgressions dans sa
vie, tant d'amour dans son Dieu, et dans la connaissance et dans l'amour du Dieu-Sauveur, tant
de consolation, d'espérance, de courage, de joie
et de paix ? Que tardez-vous ? Elevez au plus tôt
l'étendard de l'Evangile, écrivains influens qui
voyez les maux dont nous sommes travaillés,
qui êtes frappés des erreurs et des excès auxquels
on pousse les peuples, et des embarras et des
inquiétudes des gouvernemens. Entre Dieu et
l'homme, croyez-moi, ce n'est pas un prêtre qu'il
faut placer, c'est l'Evangile de l'Homme-Dieu.

On se rattache au catholicisme en objectant en
sa faveur son antiquité imposante. Mais d'abord,
pour être ancienne, l'erreur n'en est pas moins
l'erreur; il n'est pas au pouvoir des siècles de
la transformer en vérité. Or dans tout ce qui

distingue et caractérise le catholicisme sous le
rapport du dogme, de la morale, du culte et
de la discipline, il y a erreur manifeste aux
yeux de quiconque admet les saintes Ecritures
comme le fondement et la règle de la foi, et
comme offrant le modèle de la véritable Eglise. J'ai eu autrefois la pensée de faire un livre,
qui eût été aussi solide que frappant, et dans
lequel j'aurais montré que si l'on supposait le
monde païen reparaissant tout d'un coup tel
qu'il existait avant l'ère chrétienne, il n'aurait
autre chose à faire que de supprimer ou changer quelques mots, quelques noms, pour se re-
trouver chez lui au sein des limites du catholicisme, avec la pleine jouissance de ses croyances,
de ses rites, de ses formes extérieures, tandis
qu'il rencontrerait au contraire non seulement les
contrastes les plus tranchés, mais encore des ré-
sistances invincibles aussitôt qu'il aborderait le
territoire de la Réformation ou de l'Eglise fondée
et modelée sur l'Evangile. Dans cet ouvrage,
animé par la fiction, mais éclairé par l'érudition
et marchant pas à pas avec l'histoire, on aurait
vu le paganisme renaissant s'assimiler l'Eglise-Romaine tout entière avec une extrême facilité, en
lui reprenant ses larcins, ce que comprendront
sans peine les personnes qui ont une connaissance
un peu détaillée de l'antiquité profane et de l'his-

toire ecclésiastique, et il en serait résulté, je crois, une démonstration vive et intéressante des erreurs du catholicisme-romain et de la vérité de l'Eglise-Réformée. Mais il faut ajouter une autre réflexion importante à ce que je viens de dire au sujet de l'erreur, qui reste ce qu'elle est malgré son antiquité ; c'est que, quelque ancienne que puisse être l'Eglise, la Parole de Dieu est plus ancienne encore : l'Evangile a précédé l'Eglise ; si l'Evangile n'avait pas été donné au monde, l'Eglise n'aurait jamais existé ; les titres de l'Eglise véritable existent dans l'Evangile et ne peuvent exister que là ; l'autorité de l'Ecriture ici-bas est avant tout et au dessus de tout ; il n'est pas permis à l'Eglise de se mettre en contradiction ni en désaccord avec l'Ecriture, sous peine de n'être plus réellement l'Eglise ; celle-ci doit conformer ses décisions à l'esprit et à la lettre de celle-là. Or, qu'est-ce que l'Eglise-Romaine a été obligée de faire pour expliquer et justifier les différences et les contradictions qui existent entre ses doctrines et les enseignemens de l'Evangile ? Elle s'est jetée dans ce cercle vicieux : l'Eglise décide qu'elle a le droit de décider. Elle s'attribue l'infaillibilité, et réforme si cela lui convient la parole de Dieu, quoique cette parole dise : « (1) Si quelqu'un parle, qu'il parle selon les oracles de Dieu. (2) Si quelqu'un vous annonce

(1) I. Pier., IV, 11.
(2) Gal. I, 8.

un autre Evangile que celui qui vous a été an-
noncé, quand ce serait nous-mêmes ou un ange
du ciel, qu'il soit anathème! Je vous l'ai dit, et
je le dis encore: Si quelqu'un vous annonce autre
chose que ce que vous avez reçu, qu'il soit ana-
thême! » Elle n'en tient point compte, et comme
l'atteste son histoire, elle décide le pour et le contre tour à tour sur les mêmes questions, ou bien
elle n'ose point se hasarder à prendre de parti,
malgré son infaillibilité, qui ne devrait pourtant
jamais la laisser dans l'embarras, si cette infaillibilité était réelle. Mais ce n'est qu'une prétention
téméraire, mille et mille fois démentie par les
faits et que tout le monde repousse aujourd'hui
comme erronée; ce n'est qu'une prétention em-
barrassante qui la livre au coup de cette simple
objection entre beaucoup d'autres : une Eglise
qui peut innover en matière de dogme aussi bien
qu'en matière de culte et de discipline, est expo-
sée à croire tour à tour le pour et le contre; elle
peut vouloir demain le contraire de ce qu'elle
veut aujourd'hui; elle peut changer sans cesse ;
elle n'est jamais fixée irrévocablement; avec
elle on ne doit compter sur rien ; la vérité d'aujourd'hui sera une erreur demain. Et que devient
dans ce cas le symbole invariable et la superbe
immobilité dont se vante l'Eglise-Romaine par
l'organe de ses docteurs? Dira-t-on qu'elle a la

faculté d'innover sans faillir et que cette faculté
lui sert, non pas à changer, à varier, mais uniquement à se garantir de l'erreur ? L'histoire ré-
pond en réfutant cette explication favorable. En
effet les dates successives des doctrines qui distin-
guent l'Église de Rome, sont là pour prouver
qu'elle n'a pas cru toujours les mêmes choses et
qu'elle a varié sur des points très-graves ; et si elle
n'a pas su se garantir du changement, puisqu'elle a admis à diverses époques des doctrines
nouvelles, elle n'a pas su davantage se garantir
de l'erreur, puisque l'Arianisme, qu'elle regarde
avec raison comme une erreur fondamentale, a
été admis par Libère, un de ses papes, et ensei-
gné de toutes parts à cette époque où, suivant
l'expression de saint Jérôme, l'univers s'étonna
de se trouver arien (1).

Les services que cette Église a rendus à la civi-
lisation au moyen de l'autorité qu'elle s'est arrogée
et de la centralisation puissante qu'elle a fondée à
Rome, la ville par excellence, que les peuples les
plus lointains étaient accoutumés depuis tant de
siècles à craindre et à vénérer, ont été célébrés
mille fois, et mille fois exagérés peut-être. En
souscrivant à une partie de ces éloges, je les tem-
père et les balance par divers reproches que je

(1) Ingemuit totus orbis, et arianum se esse miratus est.
S. Jer., *Advers. Lucifer.*

crois justes et mérités, comme d'avoir renfermé
la science dans les monastères, quand il fallait
s'empresser de la répandre parmi des peuples
barbares, qu'elle trouva plus court et plus facile
de maîtriser et de conduire au moyen de l'ignorance, de la superstition et de l'autorité; comme
d'avoir fréquemment usé de son pouvoir pour
opprimer les autres pouvoirs de la société et les
consciences avec une orgueilleuse tyrannie, et pour
écraser ses ennemis avec une impitoyable cruauté :
elle n'a pas fait à beaucoup près tout le bien
qu'elle était appelée à faire dans la position avan-
tageuse où les circonstances l'avaient mise; elle a
fait plus de mal qu'on ne saurait dire et qu'on ne
devrait avoir à lui en reprocher. Mais enfin, le
bien qu'on en peut dire fût-il sans mélange, il ne
s'ensuivrait pas qu'elle repose sur le fondement
des Ecritures et que les réformés n'ont pas été au-
torisés par les Écritures à se séparer de ses erreurs.

C'est au nom des services qu'on dit qu'elle a
rendus à l'Europe dans le moyen-âge, que ses
apologistes s'efforcent de lui concilier l'affection
des peuples et de lui ramener les protestans ; ce
n'est pas précisément au nom de sa vérité et de
son autorité divine, à laquelle ils ne croient guère
eux-mêmes de nos jours. Elle n'est en réalité pour
eux qu'une institution politique fortement orga-
nisée et qu'une machine gouvernementale utile

encore dans la conduite des affaires de ce monde :
ils invitent en conséquence catholiques et protestans à s'y rallier comme sous un abri assuré contre
les tempêtes politiques qui nous menacent. -

Les chrétiens évangéliques ne peuvent être en
aucune manière touchés de cette invitation de
leurs adversaires, qui ne comprennent jamais ou
feignent de ne jamais comprendre la nature et la
force de la position que la Bible et la Foi leur ont
faite. Les chrétiens scripturaires leur répondent
simplement avec Jésus (1) : « Il est écrit. » L'Ancien et le Nouveau Testament sont pour eux la
Parole de Dieu; là seulement est pour eux la
vérité, là seulement est l'autorité divine à laquelle
ils se soumettent; toute religion qui n'a pas pris
là sa source, ses dogmes, sa morale, sa forme,
ses rites, n'est à leurs yeux qu'une invention humaine. Cette invention est peut-être un chef-
d'œuvre, et c'est ce qu'on leur dit de l'Église-
Romaine; ils ne font aucune difficulté d'en convenir, et de reconnaître que, grâces d'ailleurs à des
temps de profonde ignorance, on a déployé pro-
digieusement d'adresse et de génie à la construction
de cet édifice. Mais à leurs yeux quand il s'agit de
religion, il s'agit de foi et de salut, et la vraie
religion ne peut pas être l'ouvrage de l'homme.
Si Dieu n'avait point parlé, si la Bible n'existait

(1) Luc, IV, 4.

pas, alors ils pourraient regarder autour d'eux, et choisir entre le Catholicisme, le Buddisme, l'Islamisme, mais « Il est écrit », et il leur est donné de croire.

Voilà leur inexpugnable position, qu'ils ne sauraient avoir la pensée de quitter pour entrer dans un édifice construit par les hommes, périssable comme eux, n'offrant qu'un refuge trompeur et funeste contre les arrêts de la conscience et les jugemens de Dieu.

On objecte contre eux, et contre la Bible par conséquent, la multiplicité des sectes que produit la libre lecture des Livres-Saints. En répétant cette objection rebattue, on affecte d'ignorer que ces sectes, utiles pour entretenir le zèle et la vigilance, ne sont que les membres d'un même corps, distingués à peine les uns des autres par quelques légères différences de forme et de couleur, et qui, soumis à la même volonté, concourent ensemble à l'harmonieux accord du tout dont ils font partie. Elles sont dans l'Église des preuves de zèle, de sincérité, de foi, de vie. On ne prend pas la peine de discuter et de se diviser pour des choses auxquelles on n'attache par un grand prix; l'absence totale de sectes atteste l'indifférence. Les Églises ou sectes bibliques reposent sur la même base; elles confessent les vérités capitales du christianisme; elles prouvent de plus en plus la puissance de l'amour du Sauveur au milieu d'elles en se montrant unies par les liens de la charité et de la paix, et en travaillant avec un admirable concert à la conversion des païens sur tous les points du globe.

C'est autour de la Bible qu'elles se réunissent. C'est autour de la Bible que se rallia au seizième siècle l'élite de l'Europe. Car tous les hommes qui à cette époque, et dans les diverses classes de la société, étaient distingués par une piété sincère et profonde, par l'amour de la vérité, par la générosité et la noble indépendance du caractère, aussi bien que par le dégoût et l'aversion que devaient inspirer aux cœurs droits et aux âmes élevées les erreurs, les superstitions et les crimes de Rome, accueillirent avec joie et avec dévoument l'Évangile et la Réforme, ne laissant guère à leurs ennemis, groupés autour des abus dont ils vivaient, que les complots, les calomnies, les assassinats et les massacres. C'est autour de la Bible qu'il s'agit encore aujourd'hui de se rallier. Elle est immuable. Elle a vu tomber une multitude de systèmes et d'erreurs. Elle seule ne change pas. Elle appartient à tous et suffit à jamais aux besoins religieux de ceux qui la connaissent bien. Je le répète, il n'y a de sécurité et de paix qu'autour de la Bible, et il faut que le magnifique mouvement du seizième siècle reprenne son cours à travers la France et l'Europe. Vous qui vous sentez travaillés et chargés sous le poids du scepticisme et le fardeau des peines de la vie, accourez et vous rangez sous ce divin étendard, oubliant les dénominatious particulières d'Églises et de Sectes pour devenir des chrétiens selon la Parole de Dieu, et vous trouverez le repos de vos âmes.

Le cantique que je publie a été chanté au fond de mon cœur dès ma tendre jeunesse, après mes premières lectures de l'Évangile et de l'histoire de l'Eglise, et il vient enfin de s'en échapper à la vue des apologies redoublées de l'Eglise-Romaine, apologies de commande qu'on a jetées au public sous toutes sortes de formes dans ces derniers temps.

Le cantique admet tous les tons, depuis le plus humble jusqu'au plus élevé, comme l'attestent les cantiques sacrés de l'Ancien et du Nouveau Testament, où l'on trouve le ton de l'ode et même celui du dithyrambe, à côté des accens les plus doux, les plus intimes, les plus tendres.

J'ai cru devoir d'autant plus varier les tons et les rhythmes de celui que j'offre ici au public, qu'il est d'une étendue peu commune et qu'il pouvait aisément tomber dans la monotonie.

Ce cantique n'est au reste que de l'histoire;
c'est de l'histoire pour ce qui regarde l'avenir,
aussi bien que pour ce qui regarde le passé.
« J'ai cru, c'est pourquoi j'ai parlé (1). »

(1) II. Cor. IV, 13.

CANTIQUE

D'UN CHRÉTIEN

SUR LA PAPAUTÉ.

I.

Mon cantique est rempli d'une sainte espérance.
Vous direz, ô mes vers, cette ruine immense
Que prédit, à Patmos, le Voyant du Seigneur,
Que marqua Wittemberg du nom de son grand homme,
Et que le monde enfin contemplera dans Rome,
  La ville de l'erreur.

Comment s'est élevé l'insolent sacerdoce
Que couronne la mitre et que soutient la crosse,
Et dont Rome aux chrétiens sut imposer les lois?
Racontez, ô mes vers, sa honteuse origine (1),

Et d'où sort ce pouvoir qui de si haut domine
 Les peuples et les rois.

D'un marais lentement soulevé jusqu'aux nues (2)
Par le terrible effort des flammes inconnues,
Que la terre en ses flancs renferme et sent rugir,
Cette montagne est née avec sa triple cime :
Le monde, avec effroi, du fond d'un noir abîme,
 La regarda surgir.

Vers les astres heureux d'où nous vient la lumière,
Elle porta sa tête impure autant qu'altière,
Ceinte encor de roseaux, de serpens et de vers ;
Et bien loin sur le globe étendant sa grande ombre,
Elle sut attirer vers sa majesté sombre
 Les yeux de l'univers.

De l'enfer élancée, elle en offre l'image :
Elle gronde, elle tonne, elle éclate, et sa rage
Vomit le feu, la cendre, et la lave en fureur ;
Jusqu'au ciel radieux son infecte fumée
Monte comme un blasphème, et la terre alarmée
 En tressaille d'horreur.

Voyez Rome papale ainsi prendre naissance
Dans la fange des temps, et fonder sa puissance
Sur l'erreur, l'imposture et la corruption.
Hier, humble et cachée, on la cherchait sous l'herbe ;
Elle règne aujourd'hui triomphante et superbe,
  Et tout plie à son nom.

Les peuples et les rois, la tête dans la poudre,
Adorent, en tremblant, les éclats de sa foudre :
Elle a frappé la terre, et le ciel a frappé.
A la parole sainte empruntant l'anathème,
Sa fausse humilité cache l'orgueil suprême,
  De l'enfer échappé.

Savez-vous de quel nom le pontife se nomme (3) ?
C'est le père très-saint, et ce n'est plus un homme.
Déposez sur son pied le baiser des croyans ;
Invoquez-le : à sa voix, le ciel s'ouvre ou se ferme ;
Adorez-le, ou craignez des misères sans terme,
  Les gouffres flamboyans.

Voilà donc le très-saint, voilà donc l'infaillible !
De l'Eglise de Dieu voilà le chef visible !

Qu'importe en quelle fange un pape se souilla,

Qu'il se nomme Alexandre et qu'il soit fourbe, avare,

Incestueux, athée, empoisonneur, barbare,

  Et de plus, Borgia (4) !

Postérité des saints qu'éclaira la Parole,

C'est là votre lumière et c'est là votre idole!

Votre funeste encens vous cache ce qu'elle est.

O Rome ! qu'as-tu fait de l'Eglise fidèle,

Que saint Paul t'a léguée et si pure et si belle ?

  Rome, qu'en as-tu fait?

II.

Naissante, elle étonnait le Tibre ;

La vérité la rendait libre,

Bien que son noble sang coulât.

Dans les catacombes funèbres,

Parmi les morts et les ténèbres,

Qu'elle avait de vie et d'éclat!

Poussés à lui livrer la guerre,

En vain les maîtres de la terre

Brisaient sa tête sous le fer ;

En vain ils fatiguaient leur rage
A faire fléchir son courage
Sous les puissances de l'enfer.

Sa foi sortait vivante et pure
Des étreintes de la torture,
Des feux dévorans du bûcher;
Dans le cirque aux horribles fêtes,
Sous la dent sanglante des bêtes,
L'erreur n'osait en approcher.

La fraude, l'erreur et le doute
Etaient inconnus sur la route
Qu'elle ouvrait à l'humanité.
Elle avançait dans sa carrière,
Ayant pour guide la lumière
De l'éternelle vérité.

Dans l'Evangile, à chaque page,
La vérité, sans alliage,
Eclatait aux yeux de sa foi.
Hors de là, ne voulant rien croire,
L'Evangile faisait sa gloire :
Elle n'avait point d'autre loi.

Guidé par l'Esprit Saint lui-même,
Paul n'a-t-il pas dit : anathème,
Aux enseignemens des mortels ?
Peut-il être deux Evangiles ?
Et celui des hommes fragiles
Fera-t-il loi sur les autels ?

Non, les bulles, les décrétales,
Lois mensongères et fatales
D'un pontife habile imposteur,
Ne sont point la loi de l'Eglise,
Epouse sans tache et soumise
De Jésus, le divin Pasteur.

III.

Cependant, ô mystère ! ô sainte Providence !
O des décrets d'en haut profonde obscurité !
L'usurpateur sacré que dans Rome on encense,
Abroge l'Évangile avec autorité
En le cachant au monde et mettant le silence
A la place où parlait l'Esprit de vérité !

Silence à l'Évangile, et force à nos paroles !
A dit le pape altier dans l'orgueil de son cœur.
Et le monde a suivi ses funestes écoles,
Semence d'imposture, enseignement d'erreur ;
Et ses ambitions infernales et folles
Ont perverti l'Eglise et fondé son malheur.

D'un nouveau paganisme on voyait les symptômes (5)
Eclater dans le culte et le dogme altérés ;
A côté de la croix qui surmontait les dômes
De ces temples sans nombre au Seigneur consacrés ;
Des faux dieux de l'Olympe on revit les fantômes,
Sous les noms des martyrs dans l'Eglise adorés.

Des idoles partout, partout des faux miracles ;
Nulle part l'Évangile et des cœurs convertis,
Le temple est un théâtre où brillent des spectacles,
Plus profanes que ceux qu'inventaient les Gentils.
Les saints qu'on a forgés parlent, et leurs oracles
Attirent aux autels les peuples abrutis.

Dieu veut en vain des cœurs qui l'aiment et l'adorent
Saintement, en esprit ainsi qu'en vérité.

D'or et de diamans les temples se décorent :
Les hommes en haillons meurent de pauvreté.
C'est le pouvoir des saints que leurs larmes implorent :
Celui du Dieu Sauveur, on l'a mis de côté.

Tandis que sous la cendre, au dernier rang des êtres,
Le fidèle en tremblant baise leur tribunal,
Le pontife et sa cour, les évêques, les prêtres,
Montrent dans la débauche un luxe oriental.
Distributeurs du ciel, ils sont encor les maîtres
De la terre asservie à leur règne fatal.

Ils vendent le salut que le Seigneur nous donne,
Le salut gratuit anéanti par eux ;
Quand le sang de la croix nous lave et nous pardonne,
Il nous font acheter ce pardon généreux ;
Point d'or, point de salut : leur doctrine abandonne
Le pécheur sans argent à son sort malheureux.

Et si leur avarice incessamment demande
Au pénitent crédule une offrande d'argent,
Regardez dans leurs mains l'intarissable offrande
Du riche magnifique et de l'humble indigent.

Il n'est point de faveur que leur bonté ne vende,
Point de pite qui n'aille à leur fisc exigent.

Au pécheur qui les paie ils sont prêts à remettre
Ses péchés, et pour eux l'or est le repentir.
Criminels opulens, vous pouvez tout permettre
A vos cœurs corrompus, sans craindre l'avenir.
Et les crimes commis, les crimes à commettre,
A tous prix sont absous, vous n'avez qu'à venir.

    Grâces à nos tristes faiblesses,
    Comme à leur art souple et profond,
    Par tous les chemins les richesses
    Roulent dans leurs coffres sans fond.
    Ainsi l'agriculteur habile,
    Pour arroser l'aride argile
    De ses prés et de ses jardins,
    Attire sur eux, par des pentes,
    Les eaux éparses et rampantes
    Qu'il rassemble dans ses bassins.

    Quand dans les Alpes ébranlées
    Un orage a versé ses eaux,

Aux torrens connus des vallées
Se joignent des torrens nouveaux.
L'eau ruisselle de branche en branche,
De cime en cime elle s'épanche,
Et gronde en se précipitant ;
Les grands fleuves, les moindres gouttes,
Viennent grossir, par mille routes,
Le lac profond qui les attend.

Pourquoi faut-il qu'aux Sept-Collines
Accourent tant de pélerins !
Non pour contempler les ruines
Qu'y laissèrent les vieux Romains,
Mais pour calmer leur conscience,
En pensant trouver la science,
La foi, l'amour, la sainteté,
Dans cette abominable ville
D'où l'on a banni l'Évangile,
Où s'enfanta la papauté !

S'il est encore une contrée
Jusqu'à ce jour pure d'erreur,
Des regards du pape ignorée,
Fidèle à la voix du Seigneur ;

S'il est aux Alpes, dans les nues ;

Quelques retraites inconnues

Où Rome n'ait point eu d'accès,

Que Rome à jamais les ignore !

Que le Seigneur les garde encore !

Que les siens y vivent en paix !

IV.

Enfans de ces hautes vallées,

Où les bruits qu'on entend ne sont point d'ici-bas,

Vos paisibles tribus ; près du ciel exilées,

S'éclairent au flambeau des pages révélées :

Jésus est le Pasteur dont vous suivez les pas

Dans vos régions étoilées.

Jésus seul est le vrai Pasteur,

Et son troupeau s'abreuve aux sources de la vie ;

Jésus est le refuge et la paix du pécheur.

Vallons de Lucerna, demeurez au Seigneur (6).

Gardez bien vos enfans d'aborder l'Italie,

Siége coupable de l'erreur.

N'allez pas, ô chrétiens antiques,

Nés dans la vérité pour les jours éternels,

Compromettre, abjurer vos doctrines bibliques,
Sous les dômes pompeux des belles basiliques,
Et souiller vos fronts purs, devant les faux autels,
    Au culte insensé des reliques.

    Tandis que comme vos aïeux,
Fidèles successeurs de la première Eglise,
Et servant le Seigneur sous vos monts sourcilleux,
Vous ignoriez le pape et son règne odieux,
Le pape commandait à la terre soumise
    Et gardait la porte des cieux.

    Craignez Rome, craignez la plaine.
    Dans ses champs et sous ses remparts,
    Nuit et jour et de toutes parts
    De vos ennemis elle est pleine.
    Chrétien, si ton salut t'est cher,
    Et si tu crains Dieu plus que l'homme,
    Ne prends pas le chemin de Rome :
    Rome est la porte de l'enfer.

    Voyez-vous son pouvoir immonde,
    A Patmos décrit par saint Jean?

C'est le chef-d'œuvre de Satan,
Il éblouit, il perd le monde.
Le marbre, l'or, le diamant,
Décorent le vaste édifice;
La croix orne son frontispice :
L'enfer en est le fondement.

Ces dômes fixés dans les nues,
Qu'est-ce? Du chaume. Et ces métaux?
Du chaume. Et ces marbres si beaux?
Toujours du chaume. Et ces statues,
Ces tableaux, ces saints et ce Dieu,
Et ces ornemens magnifiques,
Ces lampes près de ces reliques?
Du chaume, du chaume, et du feu!

Mais le feu, ce qu'il touche en courant il l'allume.
Sur l'immense édifice il passe et le consume.
Et ceux qui dans son sein cherchaient leur sûreté?
Tout ce qu'il reste d'eux, c'est qu'ils ont existé.

Sous les yeux du Seigneur, dans l'armée immortelle
Qui sonde l'avenir dans chaque événement,

On ne demande pas : Rome tombera-t-elle ?
On demande, quand ? et comment ?

Dans l'Eglise du ciel on chantera victoire,
Du Seigneur dans la nue on pourra voir le bras,
Quand tu tomberas de ta gloire,
O Rome, quand tu tomberas !

Alors dans sa joie absorbée,
La terre au ciel la redira,
Et le ciel vainqueur répondra :
Elle est tombée ! elle est tombée ! (7)
Dans l'abîme, enfin, nous voyons
Babylóne, la ville impure,
Qui fit du vin de sa luxure
Le breuvage des nations.

Pour marquer à notre pensée
La fin prochaine de nos maux,
Un ange au fond des grandes eaux
Comme un rocher l'avait lancée (8).
Quand par sa chute elle a prouvé
Que tôt ou tard le ciel éclate,

Sous ses vêtemens d'écarlate (9)
Le sang des martyrs s'est trouvé (10) :

Votre sang, apôtres sublimes,
Votre sang, pauvres Albigeois (11),
Votre sang, fidèles Vaudois,
Votre sang, illustres victimes,
Wicklef et Hus, Cranmer, et vous (12),
Martyrs de ma triste patrie
Que Rome, Babylone impie,
Immola cent ans sous ses coups !

Elle est tombée ! Elle est tombée !
L'Église dès long-temps ressentait le besoin
De ce désastre heureux dont elle est le témoin.
Babylone, à ton jour rien ne t'a dérobée :
Tes immenses débris couvrent la terre au loin.

Quels débris dans sa chute au monde laisse-t-elle ?
Voyez-vous cet amas de superstitions ?
Elle avait pris partout chez mille nations
Du culte des faux dieux la pompe criminelle,
Les rites compliqués et les processions

Où les dieux promenés allaient s'offrir au zèle
Des peuples amusés de ces dévotions.

On trouve dans sa chute, aux hideuses ruines (13),
Ici l'huile et le sel, là l'encens et le feu ;
Ici mille oripeaux, là de sourdes machines,
Ouvrages de la fraude et sources de rapines :
Dans ce vaste mensonge en vain on cherche Dieu.

Elle est tombée! Elle est tombée ! et moi je chante,
Avec les chœurs du ciel, sa chute et son néant ;
Je dis à l'avenir sur ma harpe vibrante
La chute sans honneur du cadavre géant.

   Pour contempler sa tête altière,
Dont l'hypocrite front touchait l'azur des cieux,
L'enfant même, l'enfant ne lève plus les yeux,
   Il peut la voir dans la poussière.

V.

Alors on aperçut dans les hauteurs des airs (14)
L'Evangile éternel planant sur l'univers.
Ses pages flamboyaient sous la céleste voûte.

Entre les mains d'un ange il sillonnait sa route
    Des lames de feu, des éclairs.

L'ange appelait le monde à la divine source ;
Sa voix autour du globe, où se courbait sa course,
Parlait à chaque peuple en sonores accens,
Et disait l'Evangile et ses trésors puissans,
    Des pécheurs la riche ressource.

De la famille humaine innombrables tribus,
A la place où régna Rome avec ses abus,
Rome avec ses fureurs, ses ruses et ses messes,
Le Seigneur accomplit ses antiques promesses :
L'Evangile triomphe, et le pape n'est plus.

      Mais quand Dieu l'efface
      D'un coup de sa main,
      Qeul pouvoir remplace
      Le pouvoir romain ?
      A l'Eglise antique
      Qui suivait sa voix,
      Quel pouvoir unique
      Donnera des lois ?

C'est moi, c'est moi-même,
A dit le Seigneur;
De celui qui m'aime
Je suis le Pasteur.
Mon esprit l'inspire,
Et sa piété
Avec foi sait lire
Dans ma vérité.

Son âme touchée
Et simple en sa foi;
Du mal détachée;
Ne se plaît qu'en moi.
Loin de toute idole
Dirigeant ses pas,
Il a ma parole,
Qui ne passe pas.

Qui pourrait l'instruire
De ma volonté,
Et vers moi conduire
S afragilité?
Qui le ferait vivre

Comme il est écrit,
Si ce n'est mon livre,
Et mon saint Esprit?

Du soleil lui-même
L'éclat s'éteindra :
Le livre suprême
A jamais vivra.
Que l'Eglise garde
Ce flambeau sacré :
Quiconque y regarde,
En est éclairé.

Complet, nécessaire,
C'est mon testament.
Gardez-vous d'y faire
Aucun changement.
Que l'homme fragile
S'y confie ainsi :
Voici l'Evangile,
Peuples, le voici!

Et comme une rosée abondante et féconde

Que le ciel à la terre envoie avec amour,
A la voix du Seigneur, qui désigna ce jour,
L'Évangile est semé sur la face du monde.

VI.

O règne de grâce et de paix,
Règne de Jésus sur la terre,
Viens et succède pour jamais
Au règne d'une triple guerre :
Celle du péché contre Dieu,
Celle de l'homme contre l'homme,
Et la longue guerre dont Rome
A contre l'Évangile entretenu le feu.

Le peuple égaré de Moïse
Entre en la sainte Chanaan.
La vérité, partout comprise,
Rassemble dans la même église
L'immense famille d'Adam.

Aux pieds de Jésus qu'il adore,
Le barbare vient d'accourir ;

l'Indien, le Noir et le Maure,
Ceux du couchant, ceux de l'aurore,
Nul n'est absent pour le bénir.

La paix du ciel, la paix sans trève,
De l'Eglise est l'heureux lien ;
Plus de Rome ni de Genève ;
Un seul nom survit et s'élève,
Le nom sublime de Chrétien.

Quel que soit le lointain rivage
Où je vienne à porter mes pas,
Tout mortel m'offre le visage
Et le cœur d'un frère et d'un sage ;
Je presse un chrétien dans mes bras.

Si l'incrédulité fait mal comme le vice ;
Si le mensonge blesse autant que l'injustice ;
Si l'on sent tristement le besoin de s'armer
Contre l'erreur de l'homme unie à sa malice :
Que mon cœur, en mon sein, chante et se réjouisse :
Tout ce que j'aperçois, je puis enfin l'aimer !

L'idolâtrie est donc à jamais détrônée !
De Rome et de Memphis la carrière est bornée.
Le monde est délivré du pape et du veau d'or.
Eglise de Jésus sur la Bible inclinée,
Réjouis-toi, Sion, et sois illuminée.
Calvaire, pare-toi des gloires du Thabor.

Seigneur, de ton Esprit le souffle véridique
A jeté sur ma harpe un accord prophétique.
Que la terre, attentive aux visites du ciel,
Tressaille en saluant le siècle évangélique.
Des hauteurs de la foi j'ai chanté ce cantique,
En découvrant le monde au pied du même autel.

Paris, 16 septembre 1836.

NOTES.

---

(1)   Racontez, ô mes vers, sa honteuse origine.

Elle est honteuse puisqu'elle est due à l'imposture, à la ruse, à la fraude, à la violence. L'évêque de Rome n'était que l'égal des autres pasteurs. La fausse donation de Constantin, les fausses Décrétales fabriquées au Vatican et dans le palais de Latran, les élevèrent par degrés et à la faveur des temps d'ignorance et de superstition où était tombé le monde, au rang et au pouvoir suprême et usurpé de papes et de souverains temporels.

(2)   D'un marais lentement soulevé jusqu'aux nues
        Par le terrible effort des flammes inconnues
        Que la terre en ses flancs renferme et sent rugir,
        Cette montagne est née avec sa triple cime.

Allusion au système de la formation des montagnes par soulèvement. Le célèbre géologue allemand, M. de Busch, est l'auteur de ce système qui attribue la formation des montagnes aux feux souterrains. Il est professé en France par M. Elie de Beaumont, et combattu par M. Constant Prévost.

La thiare, coiffure du pape, est une triple couronne, symbole du pouvoir impérial, du pouvoir royal, et du pouvoir pontifical.

(3)   Savez-vous de quels noms le pontife se nomme

Je ne m'arrête pas ici à faire ressortir le contraste que
présentent les titres et qualifications donnés aux papes, et
le caractère et la vie du plus grand nombre d'entre eux. La
question que je pose est simplement celle-ci : Est-il possible qu'un pape soit véritablement un honnête homme? et je
ne veux nullement dire par là qu'il n'y en ait pas eu quelques uns de recommandables par de solides vertus et peut-
être par une sincère piété. Je veux dire que la position
d'un pape et ses attributions ne me paraissent pas concilia-
bles avec la droiture, la sincérité, la bonne foi, la parfaite
probité. 1° Tout pape sait ce qui se passe à l'élection des
papes. Cette élection, attribuée au Saint-Esprit, est toujours
le résultat de l'intrigue; mille ruses, mille manœuvres,
mille fraudes, mille influences extérieures et politiques, y
sont mises en usage : cela est reconnu de tout le monde,
cela est proverbial. Il n'est point de pape qui ne le sache et
qui n'y ait pris part; or je dis que cela est incompatible avec
la conscience d'un honnête homme. 2° Un pape sait d'un
autre côté que son église le déclare infaillible. Tout ce qu'il
fait, tout ce qu'il décide, comme chef visible de l'Eglise et
vicaire de Jésus-Christ, il déclare lui-même le faire et le
décider dans sa science certaine et infaillible. Ne sait-il pas
bien cependant au fond de sa conscience qu'il n'est qu'un
pauvre mortel, sujet à l'erreur, fort embarrassé souvent sur
le parti qu'il doit prendre, hésitant, inclinant tantôt d'un
côté, tantôt de l'autre, comme le reste des hommes, et que
l'infaillibilité n'est nullement son partage, ce dont il lui est
impossible de douter, puisqu'il lui arrive sans cesse de re-
venir sur ce qu'il avait fait et décidé de son mieux, mais
que d'autres réflexions et d'autres circonstances lui ont fait

juger mauvais. Ces contradictions abondent dans la vie de
tous les pontifes de Rome. Dans les temps de lumières
comme le nôtre, ils se montrent plus réservés, ils craignent
de s'engager et de se compromettre, ils ménagent leur infaillibilité autant que possible. Une foule de circonstances et
d'événemens irrésistibles viennent néanmoins les maîtriser
et mettre leur prudence comme leur infaillibilité en défaut.
Si l'on veut bien réfléchir à la question que je viens de po-
ser, je pense qu'on la résoudra comme moi par la néga-
tive. Je dirai volontiers de Pie VI, ou de Pie VII, qu'il aurait été un fort honnête homme s'il n'avait pas été pape.
Voilà tout ce qu'en conscience il m'est possible d'accorder.

(4)   Et de plus Borgia.

Rodrigue Borgia, né à Valence en Espagne, élu pape
le 11 août 1492, couronné le 26, sous le nom d'Alexandre VI, et mort le 18 août 1503.

Il existe un livre intitulé, si je ne me trompe : *Les crimes
des Papes*. Je ne l'ai pas lu. Je ne me chargerais pas de le
faire s'il n'existait pas. On aimerait à couvrir du voile le plus
épais le tableau des attentats et des turpitudes des pontifes
romains, si le dernier jour de leur existence était arrivé,
parce qu'alors ce tableau serait sans utilité et sans but. Mais
l'existence actuelle de la papauté, que tout chrétien biblique est obligé par la parole de Dieu de regarder comme
une imposture et une calamité dans l'Eglise, impose aux
fidèles le devoir de la combattre, quand l'occasion s'en pré-
sente, en employant à cet effet les armes loyales et légiti-
times que leur fournissent les Saintes-Écritures et l'histoire.
Pourquoi, lorsque mon sujet et mon but m'y appellent si
naturellement, me refuserais-je à réveiller ici en passant

quelques souvenirs historiques qui ne justifient que trop le vœu exprimé dans ce cantique ?

Ammien Marcellin, qui écrivait à Rome au quatrième siècle, fait une peinture des grands et des autres habitans de cette ville chrétienne, où l'on peut soupçonner, peut-être, de l'exagération et l'effet des préventions d'un païen, mais qui ne permet pas de douter que le luxe et les vices de cette société ne fussent poussés aux derniers excès.

Saint Jérôme appelle cette ville la prostituée de Baby-lone. « Lisez, dit-il, à Marcelle, lisez l'Apocalypse de saint Jean, et voyez ce qu'il dit de cette femme vêtue d'écarlate, qui porte sur son front un nom de blasphème ; joignez-y encore ce que l'apôtre ajoute des sept montagnes, des eaux, et de la fin terrible de cette ville superbe. Quand j'étais à Babylone, dit-il ailleurs, et l'un des habitans de la prosti-tuée vêtue d'écarlate, je voulus publier quelque chose tou-chant le Saint-Esprit et dédier mon livre au pontife ; mais je vis le vase bouillant de Jérémie qui commença à souffler du côté de l'aquilon ; le sénat des pharisiens se mit à crier contre moi. Cela me fit retourner à Jérusalem et quitter les cabanes de Romulus, ces lieux infâmes, pour leur préférer l'hôtellerie de Marie, et la grotte de l'Enfant Jésus. »

Le pape Libère, mort le 24 septembre 366, avait souscrit à l'arianisme et s'était attiré cette vive et amère censure de saint Hilaire : « Tu es donc tombé, malheureux, dans la perfidie arienne ! Je te dis anathème, ô Liberius, et non seulement à toi, mais à tous tes complices. Je le répète une seconde fois, et même une troisième, je te dis anathème, ô prévaricateur de la foi ! » On dit, à la vérité, qu'il se repen-tit et qu'il revint de son erreur. Cela est trop à désirer pour que je ne me plaise pas à le croire ; mais son infaillibilité, que devint-elle ?

Au sixième siècle, Grégoire Ier, canonisé et surnommé le Grand, ennemi des sciences et des lettres, leur fit un tort irréparable en détruisant un grand nombre d'ouvrages des anciens. Il se montra aussi l'ennemi de l'empereur Maurice, qui sut résister à ses prétentions, et lorsque l'infâme tyran Phocas eut massacré l'empereur et sa famille, pour prendre sa place, Grégoire lui écrivit pour le féliciter. Il écrivit aussi à la reine de France Brunehaut en la représentant comme un modèle de vertu et la comblant d'éloges.

Formose, décédé en avril 896, avait sans doute été un méchant homme. Au commencement du siècle suivant et en particulier sur les poursuites d'un de ses successeurs, connu sous le nom d'Étienne VII, installé en février ou mars 929, un procès scandaleux fut intenté à sa mémoire, et son cadavre fut exhumé et jeté dans le Tibre. Un pape qui, suivant la croyance de l'Eglise romaine, avait été le vicaire de Jésus-Christ sur la terre, et le chef visible de l'Eglise, était ainsi déclaré infâme et traité comme le plus affreux scélérat par un autre pape.

Sergius III, 905-911, perdu de débauche et gouverné par deux femmes de mauvaise vie, est regardé comme un homme abominable par le cardinal Baronius lui-même, l'intrépide apologiste des papes.

Jean X, 914-918, amant de Théodora, en eut un fils, célèbre sous le nom de Crescentius.

Jean XI, 931-936, était fils de Sergius III et de la prostituée Marosie. Il vécut dans l'inceste avec sa mère, et mourut en prison.

Jean XII, 956-963, est accusé d'avoir eu foi à la magie, d'avoir fait des maléfices, d'avoir converti en théâtres de débauches horribles les temples et les autels mêmes. Il fut à la fin déposé par un concile et chassé par l'empereür Othon-le-Grand, ce que Baronius condamne , attendu que selon lui personne n'a le droit de juger un pape.

La lettre suivante adressée à Jean XII, par l'empereur et rapportée par l'abbé Fleury, donne une idée de l'opinion qu'on avait de lui à Rome. « Étant venu à Rome pour le service de Dieu, comme nous demandions aux évêques et aux cardinaux la cause de votre absence, ils ont avancé contre vous des choses si honteuses, qu'elles seraient indignes de gens de théâtre. Tous, tant clercs que laïcs, vous ont accusé d'homicide, de parjure, de sacrilége, d'inceste avec vos parentes et avec deux sœurs, et d'avoir invoqué dans le jeu, Jupiter, Vénus, et les autres démons. »

Boniface VII, mort en 985, après avoir fait étrangler Benoît VI, afin de lui succéder, dépouilla les églises et s'enfuit à Constantinople avec son riche butin. Il fut alors remplacé par Benoît VII.

Grégoire VII, Hildebrand, 1073-1085, est célèbre par son ambition, sa violence, son despotisme cruel et les déplorables succès de ses prétentions à l'omnipotence sur la terre. La théocratie universelle était sa passion, son but. Ce fut à son instigation qu'Étienne IX, dont il était le conseiller, comme il l'avait été déjà de Léon IX, de Victor II, et comme il le fut ensuite de Nicolas II et d'Alexandre II auquel il succéda, ce fut, dis-je, à son instigation qu'Étienne IX fit une loi expresse du célibat des prêtres et déclara concubines les femmes de ceux qui étaient mariés à cette époque. Il dépouilla les Romains du droit dont ils avaient joui jusqu'alors, d'élire les papes; il professa et pratiqua la maxime que le pape a le droit de destituer tous les princes, de disposer de toutes les couronnes, de réformer toutes les lois. Suivant lui, le pape n'a jamais erré et ne tombera jamais dans l'erreur. L'excommunication et la déposition de l'empereur Henri IV, sont des faits qui attestent avec éclat l'excès de son audace et le scandale de sa puissance. Maître de le flageller, de l'envoyer, la tête rasée, dans un monastère, ou de lui laisser par pitié la couronne, il le fit venir à sa porte, au cœur de l'hiver, des verges et des ciseaux dans les mains, symboles des châtimens qui pouvaient lui être infligés, et implorer sa grâce dans l'humiliation la plus profonde.

Adrien IV, 1154-1159, écrivait à l'empereur Frédéric Barberousse, qui, dans une lettre, avait placé son nom avant celui du pape : « Mettre votre nom avant le nôtre, c'est arrogance, c'est insolence ; et vous faire rendre hommage par des évêques, par ceux que l'Écriture appelle des dieux, des fils du Très-Haut, c'est manquer à la foi que vous avez jurée à saint Pierre et à nous. Donc, hâtez-vous de vous amender, de peur qu'en vous attribuant ce qui ne vous appartient pas, vous ne perdiez la couronne dont nous vous avons gratifié. » Hildebrand n'aurait pas mieux dit. C'est ainsi que parle le serviteur des serviteurs de Dieu !

Alexandre III, 1159-1181, fit ignominieusement fouetter Henri II, roi d'Angleterre, à l'occasion du meurtre commis sur la personne du fanatique Thomas Becket, et dont ce prince était innocent. Plus tard, Frédéric Barberousse lui baisa les pieds et tint l'étrier de son cheval ; on dit même que, lorsque l'empereur se baissa pour lui baiser les pieds, le pape les lui posa sur le cou en prononçant ces paroles du Psaume 91, 13 : «Tu marcheras sur le lion et sur l'aspic, et tu fouleras aux pieds le lionceau et le dragon.»

Innocent III, 1198-1216, continue Hildebrand, et porte à son apogée la puissance papale. Suivant lui, un pape est supérieur à l'homme, s'il est inférieur à Dieu : *Minor Deo, major homine*. Ennemi de la paix, il s'écriait, en apprenant la descente des Français en Angleterre : « Glaive, glaive, sors du fourreau ; glaive, aiguise-toi pour exterminer ! »

Boniface VIII, 1294-1303, donna au pape Célestin V le conseil d'abdiquer. Il lui succéda sous le nom de Boniface VIII, et le fit mettre en prison. Il déclare « que le pape est établi par la Providence sur les rois et sur les royaumes, qu'il tient le premier rang sur la terre, dissipe tous les maux par ses regards sublimes, et, du haut de son trône, juge tranquillement les humains. » Dans ses démêlés avec Philippe-le-Bel, il s'écrie : « Dieu m'a établi sur les empires pour arracher, détruire, perdre, dissiper, édifier et planter. » On lit ces mots dans sa Bulle *Unam sanctam :* « Le glaive temporel doit être employé, par les rois et les guerriers, pour l'Église, suivant l'ordre et la permission du pape ; la puissance temporelle est soumise à la spirituelle qui l'institue et la juge, et que Dieu seul peut juger : résister à la puissance spirituelle est donc résister à Dieu. Excommunié par lui, Philippe, au lieu de se laisser intimider, lui rend injure pour injure. On connaît sa lettre commençant par ces mots : « Philippe, par la grâce de Dieu, roi des Français, à Boniface, prétendu pape, peu ou point de salut. Que votre très-grande fatuité sache, etc. » Le grand jubilé est de son invention. Il a fait dire de lui qu'il était monté sur le trône pontifical comme un renard, qu'il avait régné comme un lion, et qu'il était mort comme un chien.

Benoît XII, 1334-1342, dit aux cardinaux qui avaient fait son élection : « Vous venez d'élire un âne. » Cet âne est accusé d'avoir acheté, à prix d'argent, de la famille Pétrarque, la sœur du poète de ce nom pour en faire sa maî-

tresse. Dante et Pétrarque ont censuré avec force les in-
famies de la cour de Rome.

Jean XXIII, 1410-1415, condamna comme hérétiques
ceux qui disaient que Jésus-Christ avait vécu dans la pauvreté, s'attribua dans ses bulles le pouvoir d'excommunier
les anges, de changer le juste en injuste, de dispenser du
droit naturel, des décrets des conciles et des préceptes de
l'Écriture-Sainte, et bien entendu aussi le droit de disposer
des couronnes. A ces extravagances, il joignit l'avarice et
pratiqua l'usure; quand on lui empruntait huit cents flo-
rins pour quatre mois, il fallait lui en rendre mille.

Sixte IV, 1471-1484, alluma la guerre civile à Florence,
en divisant deux familles jusqu'alors amies et alliées, celle
des Pazzi et celle des Médicis. Les Pazzi se laissèrent per-
suader par lui d'assassiner Laurent et Julien de Médicis
pendant la messe, au moment de l'élévation de l'hostie.
Celui des assassins qui devait frapper Laurent y renonça,
ne voulant pas joindre le sacrilège au meurtre, et deux prêtres s'en chargèrent; mais ils ne purent que le blesser, et
leur victime se sauva, tandis que Julien tombait sous les
coups de François Pazzi et de Bandini. Le peuple exter-
mina les assassins, au nombre desquels se trouvait l'archevêque de Pise, qui dans son agonie mordait le cadavre de
François Pazzi, pendu à côté de lui. Au moment où Laurent
encore souffrant de ses blessures sauve la vie au cardinal
Riario, complice de ses assassins et parent du pape, celui-ci
proclame lui-même sa propre complicité, en excommuniant
Médicis et Florence, et en sommant les Florentins de lui
livrer la victime échappée à sa rage. Il excita également
des Suisses à faire la guerre à leurs compatriotes, pour
l'intérêt de Rome, en leur envoyant un drapeau rouge qu'il
avait béni. Il établit à Rome des lieux publics de prostitu-

tion, et préleva une taxe sur chaque malheureuse prostituée, qui dut lui donner un *jule* par semaine, du produit de sa criminelle industrie.

Alexandre VI, Borgia, placé en tête de cette note, est ramené ici par l'ordre chronologique, et nous offrirait, surtout dans sa vie privée, un effroyable recueil de rapines, de parjures, d'orgies, de sacriléges, d'impudicités, d'incestes, d'empoisonnemens, de meurtres, si nous avions le courage d'en rapporter les détails. Avec son fils, César Borgia, cardinal et duc de Valentinois, il avait fait de Rome une boucherie et un marché où tout était à vendre, le profane et le sacré. Il avait quatre fils, qui, à l'exception de Geoffroi, l'un d'eux, obtinrent des positions brillantes dans le monde, et une fille, nommée Lucrèce, avec laquelle il vivait publiquement dans l'inceste, ainsi que le rapportent les historiens du temps, et en particulier son maître des cérémonies, Burckhardt, qui enregistra minutieusement dans son journal les infâmes plaisirs et les crimes abominables du saint Père, comme des choses toutes simples et qu'il n'a garde de blâmer. Il disputa sa digne fille aux trois premiers maris qu'elle eut, et fit assassiner le troisième, Alphonse d'Aragon. Lucrèce fut aussi la maîtresse de ses frères. Le poète Sannazar a consacré à sa mémoire ce distique flétrissant :

> Hic jacet in tumulo Lucretia nomine, sed re
> Thaïs, Alexandri filia, sponsa, nurus.

Burckhardt entre dans des détails révoltans, en traçant le tableau des fêtes que le pape fit célébrer au Vatican, pour le mariage de sa chère Lucrèce avec l'héritier de la maison d'Est; on en détourne les yeux avec horreur. Comme le poison était un des moyens favoris dont le pape et son fils César faisaient usage pour se défaire de leurs ennemis et se procurer des héritages et des richesses, ils préparaient souvent ensemble divers poisons. Alexandre avala par méprise une de ces préparations destinées à d'autres personnes, et mourut, dit-on, des suites de cet empoisonnement involontaire. Ainsi finit le Caligula et le Néron de la papauté, plus exécrable encore que ceux de l'empire.

Grégoire XIII, 1572-1585, mérite d'être nommé ici à cause de l'approbation qu'il donna au massacre de la Saint-Barthélemi. Il fit tirer le canon et allumer des feux de joie, aussitôt qu'il apprit cette nouvelle. « Le nombre des tués, lui écrivait, le surlendemain du massacre, Louis de Bourbon, dont la lettre existe au Vatican, est si grand que je ne saurais vous le déclarer. » Sur un tableau représentant la mort de Coligni, le pape avait fait écrire en ces mots son approbation formelle : *Pontifex Colignii necem probat.*

Après cette rapide et trop affligeante revue, on peut faire deux ou trois remarques sur le tableau des papes :

1° Plusieurs ont été fils de prêtres. Au sixième siècle, Agapit était fils du prêtre Gordien ; Silvère, fils du pape Hormisdas ; au dixième, Jean XV était fils du prêtre Léon ; au onzième, Jean XVIII était fils du prêtre Orso.

2° Il y a eu simultanément jusqu'à trois papes. Ainsi nous voyons dans le onzième siècle trois papes à la fois, savoir, Benoît IX, Silvestre III, et Grégoire VI, régnant en même temps, et destitués ensemble par l'empereur Henri III. Le siècle suivant offre le spectacle de quatre anti-papes à la fois, savoir, Octavien ou Victor III, Pascal III, Calixte III, Innocent III.

3° Il y a eu à diverses reprises des vacances du trône pontifical, plus ou moins longues. Au treizième siècle, on re-

marque une vacance de deux ans, entre Nicolas IV et
Célestin V; au quatorzième siècle, une autre vacance également de deux années, entre Clément V et Jean XXII.

Je remarque, en passant, que c'est Théodore Ier, né à
Jérusalem, au septième siècle, qu'on a qualifié le premier
du titre de souverain pontife.

Quelques réflexions maintenant sur ce qui vient d'être
dit.

Serai-je scandalisé de voir des papes fils d'ecclésiastiques?
Oui, si ces ecclésiastiques ne sont pas et ne peuvent pas être
mariés. La naissance de leurs enfans est un grand scandale,
et c'est un scandale non moins grand, que leur élévation à
la papauté, dignité qu'on nous donne pour être tellement
spéciale et supérieure, qu'elle doit repousser toute origine
entachée d'illégalité et de sacrilége dans celui qui la possède.

Serai je scandalisé de voir régner plusieurs papes à la
fois, et lancer les uns contre les autres tous les foudres
de l'excommunication? Oui, attendu que, si le pape est le
chef visible de l'Église, il ne doit jamais y avoir un instant
de doute ni d'incertitude au sujet de sa personne, dans l'É-
glise et dans l'esprit des fidèles.

Serai-je scandalisé de voir des interrègnes prolongés
dans la succession des papes? Oui, par la raison que l'É-
glise ne peut avoir un chef visible que parce qu'il lui est
nécessaire, et que, s'il lui est nécessaire en effet, elle ne
saurait jamais s'en passer.

Serai-je scandalisé, enfin, de voir sur le trône pontifical
des monstres chargés de tous les crimes que l'humanité
peut commettre, y compris celui de l'impénitence finale?
Oui, sans doute; car la position qu'on a faite au pape exige
de lui absolument la sainteté.

Qu'un simple prêtre tombe publiquement dans un grand péché, le monde se récrie et s'indigne; il va plus loin, il s'en prend à la religion de la faute de son ministre : le monde a tort; il ne devrait s'en prendre qu'à la fragilité de l'homme naturel, enclin au mal, inconverti et privé de la grâce. La religion n'en est pas moins sainte et divine, parce qu'un de ses faibles ministres a succombé à la tentation, et a donné du scandale.

Mais la question est toute différente, quand il s'agit d'un pape. La position qu'on accorde à celui ci est unique en ce monde. Veuillez donc y songer. Il est, dit-on, dans l'Église romaine, il est le vicaire de Jésus-Christ, le représentant de Dieu sur la terre, le chef de l'Église universelle, militante, et l'élu du Saint-Esprit. Il tient les clefs du ciel et de l'enfer. On lui baise humblement les pieds. Une foule de docteurs, approuvés par lui, exaltent sa suprématie universelle, dans les termes les plus clairs et les plus pompeux.

Un saint Antonin, archevêque de Florence, assure que le pape, à l'aide de ses indulgences, tire quand il lui plaît les âmes du purgatoire, et de l'enfer même, pour les placer en paradis (a). Aussi ce zélé papiste a-t-il été canonisé par le pape. En conséquence, de graves théologiens ont agité la question de savoir si en effet le pape n'aurait pas le droit de tirer toutes les âmes du purgatoire, ou en d'autres termes de l'anéantir : *An papa possit universum purgatorium tollere ?*

Un autre Italien, nommé Felino, suppose, au contraire,

_____

(a) Papam tantam habere potestatem, tum in purgatorio, tum in inferis, ut quantum velit animarum numerum, quæ illis in locis cruciantur, per suas indulgentias liberare, et confestim in cœlis et beatorum sedibus collocare possit. V. part. III, tit. 22.

que si un pape jugeait à propos de précipiter, en foule, les âmes dans l'enfer, personne n'aurait le droit de lui demander pourquoi il l'a fait (*b*).

La question a aussi été agitée, de savoir si le pape n'a pas le pouvoir de donner des ordres aux anges : *Utrum papa possit præcipere angelis?* Et celle-ci : Si le pape est un homme, ou si, comme Jésus-Christ., il possède les deux natures divine et humaine (*c*). « Ni un Dieu ni un homme, mais il tient le milieu entre les deux, » ont dit, dans la préface des *Clémentines*, les glossateurs des *Décrétales* (*d*).

La question est hardiment tranchée par un bibliothécaire du pape ; il dit tout uniment que le pape est un Dieu, et, dans le livre de ce moine augustin, nommé Steur, sur la *Donation* de Constantin, page 141, Lyon, 1547, il déclare que cet empereur a donné le nom de Dieu au pape, et l'a adoré.

Baldus dit que le pape est un Dieu sur la terre : *Papa est Deus in terris;* Felino dit que le pape tient conseil avec Jésus-Christ : *Papa et Christus faciunt unum consistorium;* il ajoute qu'à l'exception du péché, le pape peut faire à peu près tout ce que Dieu fait, et que personne au monde n'a le pouvoir de le juger : *Ità quod excepto peccato, potest papa quasi omnia facere quæ potest Deus, et à nemine potest judicari.* Bellarmin affirme que si le pape ordonnait les vices et défendait les vertus, l'Église serait obligée de croire que les vices sont bons et les vertus mauvaises, sous peine.

(*b*) Si Papa catervas animarum detruderet, non tamen cuiquam liceret ex illo quærere, Cur ità facis?

(*c*) Utrum Papa simplex homo sit, an quasi Deus, participet utrumque cum Christo.

(*d*) Papa nec Deus est nec homo, sed neuter est inter utrumque.

de pécher contre la conscience, attendu que l'Église, dans les choses douteuses, est obligée de se soumettre au jugement du souverain pontife, de pratiquer ses commandemens, et même le mal, s'il l'ordonnait (e). Ailleurs il dit que l'Église doit lui obéir, parce qu'il remplit sur la terre les fonctions de la Divinité. Et puis, si l'on en croit Gratien, il peut accorder des dispenses contre le droit naturel; Louis Gomez, il peut faire que l'injustice devienne justice; Baldus, il est tout, et au dessus de tout; Baronius, il est au dessus du droit, et il peut tout contre le droit. De là ces questions : S'il ne peut pas abroger les dogmes contenus dans les écrits des apôtres? S'il n'a pas le droit de faire de nouveaux articles de foi? S'il ne peut pas statuer des choses contraires à la doctrine de l'Évangile? S'il est le seul être qui puisse ne pas errer (f)?

D'accord avec leurs flatteurs, les papes ont adopté ces idées. Les preuves de ce fait abondent dans leur histoire. Grégoire VII, Adrien IV, Alexandre III, Boniface VIII, et tant d'autres l'attestent, et avec eux les Bulles fameuses *Unam Sanctam*, *In Cœna Domini*, *Pro regimine urbis et orbis*. Ils ont, en conséquence, exigé qu'on leur rendit des hommages assortis à ces idées. Les grands, les princes, les rois, les empereurs, il n'y a rien sur la terre de trop élevé

(e) Bellarmin, de Roman. Pontif. T. I, 4.

(f) Papa potest dispensare contra jus naturale et apostolicum.

Papa potest de injustitiâ facere justitiam.

Papa super jus, contrà jus, et extrà jus omnia potest.

Papa est omnis et super omnia.

An Papa possit abrogare id quod scriptis apostolicis decretum est?

An Papa possit novum articulum condere in fidei symbolo?

An possit aliquid statuere quod pugnet cum doctrinâ evangelicâ?

An solus omnium non possit errare?

pour les servir. Aussi vaniteux qu'ambitieux et impitoyables, après avoir écrasé leurs adversaires, séparé l'Orient de l'Occident, et partagé le Nouveau-Monde entre les Espagnols et les Portugais, ils veulent respirer largement l'encens de la flatterie; qu'on s'empresse de faire fumer au pied de leurs autels; il faut que leur monture ait au cou une sonnette semblable à celle qu'on fait sonner devant le Saint-Sacrement; il faut, suivant le cérémonial romain, que le jour de leur exaltation ils soient placés sous un dais, l'empereur à leur droite, sur un tabouret, et que celui-ci leur verse de l'eau sur les mains, pendant que la foule des prélats et des grands fléchit le genou, et que les cardinaux se découvrent la tête; il faut que l'empereur serve le premier plat sur leur table, dans le repas de ce grand jour : il n'y a peut-être là ni empereur ni roi, mais n'importe, cela est ainsi réglé, ainsi écrit; il faut enfin qu'on leur rende un culte, à table comme partout.

Ce sont là, sans contredit, des choses parfaitement impertinentes; ce sont, j'en conviens, des extravagances sans nom, c'est du délire, de la démence; mais il faut aussi en convenir, tout cela découle naturellement de l'idée de la papauté; c'est l'effet qui naît de la cause, la conséquence du principe. Vous voulez que l'Église ici-bas ait un chef universel et suprême; c'est vouloir plus qu'un homme et plus qu'un saint. Vous lui devez dès-lors toute l'obéissance et tous les honneurs possibles. Ceux qui ont conçu et mis au jour l'idée de la papauté, ont dû s'attendre à ces résultats. Guidé par un instinct logique et un sens droit, le peuple, au milieu de sa profonde et naïve ignorance, a compris que, puisqu'il y a un chef de l'Église, un dictateur de la religion, un représentant de Dieu sur la terre pour l'instruction et le salut des âmes, c'est à coup sûr un être

supérieur et non un homme comme un autre, et qu'on ne
saurait assez l'honorer, ni assez se soumettre à ses lois
saintes et infaillibles. Vous qui avez enfanté dans les ténèbres du moyen-âge, vous qui dans la suite des temps et
encore de nos jours, avez développé, façonné, animé,
affermi cette idole colossale; prêtres, laïcs, docteurs,
courtisans, monarques, acceptez, subissez votre création,
tremblez devant votre maître, et portez, de plus, la res-
ponsabilité des erreurs et des idolâtries dans lesquelles
vous avez plongé le peuple que vous étiez tenus de conduire
aux pieds du Dieu-Sauveur, et que vous avez conduit aux
pieds de Borgia.

Ce nom, ce nom seul, quand il ne serait pas accompagné
d'une foule d'autres qui le valent; ce nom fatal, Alexandre VI, Borgia, imprimé sur le trône du pape, ne suffirait-
il pas pour faire dire à tout homme de bien et à tout homme
pieux : Oui, la papauté repose sur l'erreur et le mensonge?
N'en soyons pas étonnés : l'erreur et le mensonge ont de
l'empire et de la durée en ce monde. Les fausses religions
de l'Inde existent depuis des milliers d'années; l'Islamisme
est là depuis bien des siècles; est-il si surprenant que le
papisme ait pu naître et qu'il subsiste encore? On en connaît bien les causes, on l'explique fort clairement; on sait
ses humbles commencemens, ses progrès, son apogée, son
déclin, et pourquoi la main de la politique, au lieu de
l'abattre ou de le laisser tomber, le soutient aujourd'hui.
Napoléon s'en est servi comme d'un instrument : cet instrument, qu'il pouvait briser, lui a fatigué la main et lui a
échappé. Les hommages que Pie VII a recueillis en France,
après la chute de l'empereur, étaient-ils adressés seulement
au vieillard naguère opprimé, ou avaient-ils principalement
pour objet le souverain pontife? Il serait difficile de n'être

pas de ce dernier avis. Les âmes généreuses avaient été touchées de ses humiliations; elles se réjouirent de sa délivrance; une grande partie du peuple alla beaucoup plus loin. Il y avait dans la multitude de l'empressement, de la foi, du fanatisme; on lui rendit plus d'une fois un véritable culte. C'est ce qu'atteste une histoire de ce pape que vient de publier M. le chevalier Artaud. On y voit, par exemple, qu'à Châlons-sur-Saône, le pape eut besoin d'un véritable bonheur pour n'être pas étouffé par l'empressement religieux de la foule, dans le trajet qu'il avait à faire pour se rendre de sa demeure à sa voiture. « Arrivé à la voiture, à *moitié étouffé*, raconte-t-il lui-même, nous allions nous y élancer avec le plus d'adresse et de dextérité possible, car c'était une bataille où il fallait employer la malice, lorsqu'une jeune fille, qui, à elle seule, eut plus d'esprit que nous et les deux dragons, se glissa sous les jambes des chevaux, saisit notre pied pour le baiser, et ne voulait pas le rendre, parce qu'elle avait à le passer à sa mère qui arrivait par le même chemin. » Voilà une jeune fille et sa mère qui s'exposent aux plus graves accidens et à la mort, parmi la foule et sous les jambes des chevaux, pour baiser le pied du pontife, ce qui était certainement de leur part un acte de foi et de religion. Qui en était l'objet, cependant? un simple homme, un homme respectable? Non, mais le chef de la chrétienté, le Père commun des fidèles, le Vicaire de Dieu. Car c'est une chose surnaturelle, divine, et qu'on est contraint d'adorer, que votre invention de la papauté. Les Gallicans, les Bossuet qui la veulent contenir dans de certaines limites, et qui prétendent repousser l'idolâtrie à laquelle elle conduit les âmes, non-seulement n'y réussissent guère, mais encore ils ne doivent pas y réussir, ils n'ont pas assez raison contre elle pour ne pas avoir réellement tort, et ceux-là seuls sont bien dans l'idée de la papauté et conséquens avec elle, qui se prosternent et qui adorent. Il faut qu'elle soit tout entière ou qu'elle ne soit pas. Levez-vous, allez, partez, entreprenez au péril de vos jours le pélerinage de Rome, jetez-vous sous les chevaux des gendarmes qui entourent Sa Sainteté, et, prosternés jusque dans la poussière, baisez-lui le pied! Oui, le pied, le pied d'Alexandre VI, de Borgia : lui, et vingt autres démons infernaux semblables à lui, qui ont été sur la terre les agens de Satan et les ennemis de Dieu, ils ont obtenu mille et mille fois les honneurs religieux que vous venez de rendre au vénérable Pie VII! Tant la papauté est une chose erronée et monstrueuse! Tant la papauté se réfute et se frappe elle-même de réprobation!

On voudra bien considérer que c'est du point de vue chrétien et à la clarté de l'Évangile que je l'envisage et la juge. Elle n'est pas dans l'Évangile. La prétendue primauté de saint Pierre, le prétendu voyage de cet apôtre à Rome, la prétendue liaison qu'on voudrait établir entre ces choses imaginaires et la position de l'évêque romain, tous les prodiges de subtilité et de mauvaise foi que le talent et le génie se sont permis au seizième et au dix-septième siècles pour soutenir cette thèse, avec grand renfort de Saint-Barthélemis grandes et petites, et de dragonnades impitoyables, ne peuvent pas faire que la papauté ait le moindre fondement dans l'Évangile, qui l'a condamnée, au contraire, et l'a repoussée par anticipation. Que si vous convenez avec moi qu'en effet elle n'y est point, et si vous m'invitez seulement à la considérer et à l'apprécier comme une institution purement humaine, alors je pourrai me laisser frapper par le spectacle de son organisation habile et puissante; alors j'examinerai, en tenant compte des circonstances, son

but, ses moyens, ses effets ; et sans cesser cependant de
lui reprocher d'avoir voulu tromper le monde en se don-
nant pour ce qu'elle n'est pas, et d'avoir fait à la religion
infiniment plus de mal que de bien, je reconnaîtrai volontiers qu'à certaines époques de notre histoire, elle a rendu
quelques services trop chèrement achetés , elle a quelque-
fois par son autorité coupé cours à de vaines disputes, et
fermé la bouche fort à propos à de subtils et insupportables
ergoteurs ; ce qui n'a pu avoir lieu toutefois qu'en sacri-
fiant le principe de la liberté de discussion, toujours si nécessaire à la cause de la vérité ; elle a eu, en un mot,
quelques beaux côtés et quelques bons momens, par la
raison sans doute que Dieu sait tirer, quand il lui plaît, le
bien du mal même.

(5) D'un nouveau paganisme on voyait les symptômes, etc.

Les historiens ont remarqué qu'aux quatrième et cin-
quième siècles, la mémoire des martyrs et la présence
vraie ou supposée de leurs reliques ont donné lieu à une
sorte de mythologie populaire, et à l'introduction du paganisme au sein de l'Église chrétienne, victorieuse du paganisme. Il y a bien de la similitude entre le culte des saints
et celui des demi-dieux. Aux yeux d'un Mahomet, les
chrétiens du septième siècle, avec leurs images, leurs reliques, leurs processions, durent paraître des idolâtres et
des païens véritables. En présence des monumens du paganisme que renferme la ville de Nismes, et des erreurs
païennes du catholicisme, dont les protestans eurent tant à
souffrir, j'ai dit, il y a long-temps, à un de mes amis, feu
M. le pasteur Gonthier, dans une ode inédite, dont j'ai
gardé le souvenir à cause de lui :

Antique Nisme, ainsi tes monumens célèbres,
Teints à grands flots du sang de tes fils malheureux,
Crurent que des païens les dieux et les ténèbres
Redescendaient sur eux.

(6) Vallons de Lucerna, demeurez au Seigneur.

Les habitans des vallées des Alpes piémontaises n'ont pas reçu leur nom de Vaudois de Pierre Valdo, qui vivait au douzième siècle. Ils possèdent un poème en dialecte vaudois, qui date du onzième siècle, et qui est intitulé : *La nobla leiçon.* Il est accompagné d'un catéchisme de la même date, écrit dans la même langue. Les bibliothèques publiques de Genève et de Cambridge ont conservé deux exemplaires de ce précieux document, antérieur à Valdo de près d'un siècle. Le nom de Vaudois qu'on y trouve, signifiait chrétien vertueux. Ces chrétiens selon l'Évangile remontent à Claude, évêque de Turin, ami de Charlemagne, opposé aux funestes innovations que Rome introduisait de son temps dans l'Église. Ils offrirent un asile aux chrétiens de Lyon, disciples de Valdo, que la persécution jeta dans les montagnes du Dauphiné. La réformation du seizième siècle les trouva fidèles, et ils furent les seuls dans l'Église qui n'eurent pas besoin de réformation, parce que, de temps immémorial, ils étaient de vrais disciples de la parole de Dieu. Ils avaient, parmi leurs ennemis mêmes, la plus haute réputation de piété, de douceur, de vertu. Lorsqu'on envoyait de Turin, pour les poursuivre, des régimens guidés par des prêtres et des moines, les catholiques leur confiaient leurs femmes, leurs filles, leurs sœurs, pour qu'ils les emmenassent dans leurs retraites inaccessibles, et afin qu'elles ne tombassent pas entre les mains des soldats et de leurs guides. Ils se réfugièrent principalement dans les trois vallées de Luzerne ou Lucerna, Pérouse et Saint-Martin. Leur histoire, extrêmement curieuse et intéressante, a été écrite par Jean Léger, Pierre Gilles, et tout récemment par M. Muston, dont je n'ai pas lu l'ouvrage ; j'en ai entendu faire l'éloge.

(7)   Elle est tombée ! elle est tombée !

Et un autre ange le suivit, qui disait : Elle est tombée, elle est tombée, Babylone, cette grande ville, parce qu'elle a fait boire à toutes les nations du vin de la fureur de son impudicité. *Apocalypse,* XIV, 8.

(8)   Comme un rocher l'avait lancée.

Alors un ange puissant prit une pierre grande comme une meule de moulin et la jeta dans la mer, en disant : C'est ainsi que Babylone, cette grande ville, sera précipitée avec violence, et on ne la trouvera plus. *Apoc.*, XVIII, 21.

(9)   Sous ses vêtemens d'écarlate.

Cette femme était vêtue de pourpre et d'écarlate, et parée d'or, de pierres précieuses et de perles ; elle avait à sa main une coupe d'or, pleine des abominations et de la souillure de ses impudicités. *Apoc.*, XVII, 4.
N'est-ce pas là, en effet, la ville, n'est-ce pas la papauté d'Alexandre VI et de Lucrèce et César Borgia ?

(10)   Le sang des martyrs s'est trouvé.

Et que c'est dans cette ville que le sang des prophètes,

et des saints, et de tous ceux qui ont été mis à mort sur la terre, a été trouvé. *Apoc.*, XVIII, 24.

(11)   Votre sang, pauvres Albigeois.

Protestans anticipés, répandus principalement dans l'Albigeois, le comté de Foix, le haut et le bas Languedoc. Les comtes de Toulouse professaient leur croyance. Le cruel Simon, comte de Montfort, et le non moins féroce Domingo ou Dominique, le trop fameux inquisiteur, les ont presque tous exterminés. On en égorgea quatre-vingt mille en un jour dans le sac de Béziers, au rapport des chroniques du temps. Ces exploits valurent à Montfort l'héritage des comtes de Toulouse, et à Dominique la canonisation papale. Rome en a fait un saint.

(12)   Wicklef et Hus, Cranmer.

Les deux premiers furent des précurseurs de Luther. Jean Wicklef naquit en 1324, dans le duché d'York, et mourut paisiblement en 1384, dans une retraite qu'il s'était ménagée. On fit dans la suite le procès à ses cendres qui furent exhumées. Ses enseignemens et ses prédications évangéliques portèrent beaucoup de fruit. Jean Hus naquit à Hus en Bohême, et devint recteur de l'Université de Prague. Il était, comme le précédent, chrétien biblique. Il mourut glorieusement à Constance, dans le bûcher que fit allumer pour lui le concile, maîtrisé par le pape. Il fut martyrisé le 16 juillet 1415. Un siècle après, en 1515, parut Luther. — Thomas Cranmer naquit en 1489, en Angleterre, fut archevêque de Cantorbéry, s'éleva contre le papisme, et mourut martyr dans un bûcher, le 21 mars 1556, par l'ordre de la cruelle reine Marie.

(13)   On trouve dans sa chute, aux hideuses ruines, etc.

Un grand nombre de fraudes, de jongleries, de machines à faire des miracles, furent mises à découvert, à l'é-
poque de la réformation, dans les églises et les monastères.
Quels actes d'accusation contre les prêtres que ces autels
creusés pour rendre des sons, ces fils tendus pour mettre
les membres des statues en mouvement, ces trous pratiqués
dans leur tête pour y introduire de l'eau et faire de la sorte
pleurer des yeux de marbre. Les malheureux! ils se don-
naient infiniment plus de peine pour plonger le peuple
dans la superstition, le tromper, l'abrutir, qu'il n'en aurait
fallu pour l'éclairer, le civiliser, l'amener au christianisme et
le rendre heureux.

(14)   Alors on aperçut dans les hauteurs des airs
         L'Évangile éternel planant sur l'univers.

Après cela, je vis un autre ange qui volait par le milieu
du ciel, portant l'Évangile éternel, pour l'annoncer à ceux
qui habitent sur la terre, à toute nation, à toute tribu, à
toute langue, à tout peuple. *Apoc.*, XIV, 6.

FIN.